BIBLIOTHEE<·BREDA

Wijkbibliotheek
Schools
4841 XC PRI

D1351836

Transfer

Uitgeverij Eenvoudig Communiceren / Lezen voor Iedereen
www.eenvoudigcommuniceren.nl
www.lezenvooriedereen.be

BIBLIOTHEE‹·BREDA
Wijkbibliotheek Prinsenbeek
Schoolstraat 11
4841 XC PRINSENBEEK

Transfer is het derde deel in de spannende, 20-delige reeks *BoekenBoeien*.
In deze serie zijn woorden verwerkt uit de *Basislijst Schooltaalwoorden vmbo*.
Leerlingen maken zo spelenderwijs kennis met woorden die van groot belang
zijn bij de schoolvakken biologie, economie, wiskunde, natuurkunde en mens &
maatschappij. De reeks *BoekenBoeien* bevat alle 1600 woorden uit de *Basislijst
Schooltaalwoorden vmbo*, gemiddeld 80 woorden per deel. In *Transfer* staan
woorden uit de categorie economie.
De *Basislijst Schooltaalwoorden vmbo* is samengesteld door het Instituut voor
Taalonderzoek en Taalonderwijs Anderstaligen (ITTA), onderdeel van de Universiteit
van Amsterdam, in opdracht van Dienst Maatschappelijke Ontwikkeling Amsterdam.
Meer informatie: www.itta.uva.nl.

De serie *BoekenBoeien* is breed inzetbaar, en leent zich uitstekend voor zowel
individueel als klassikaal en/of schoolbreed lezen. Drie keer per week twintig
minuten lezen is voor leerlingen al voldoende om vooruitgang te boeken in
leesvaardigheid en tekstbegrip.

www.boekenboeien.nl | www.boekenboeien.be

Naar een idee van Marian Hoefnagel en Helene Bakker
Tekst: Marian Hoefnagel, naar een plot van Charles den Tex
Vormgeving: Uitgeverij Eenvoudig Communiceren
Foto omslag: iStockphoto.com
Druk: Easy-to-Read Publications

© Januari 2011 Uitgeverij Eenvoudig Communiceren, Amsterdam.
Alle rechten voorbehouden. Niets uit deze uitgave mag worden
verveelvoudigd, opgeslagen in een geautomatiseerd gegevensbestand of
openbaar gemaakt, in enige vorm of op enige wijze, hetzij elektronisch,
mechanisch door fotokopieën, opnamen of enige andere manier, zonder
voorafgaande schriftelijke toestemming van de uitgever.

ISBN 978 90 8696 124 5

Transfer

Marian Hoefnagel

naar een plot van Charles den Tex

Dit boek heeft het keurmerk Makkelijk Lezen

Voorwoord

Welkom bij *BoekenBoeien*: twintig spannende boeken die lekker makkelijk lezen. *BoekenBoeien* is geen gewone boekenreeks, er is iets bijzonders mee aan de hand. In elk verhaal staan namelijk ongeveer 80 woorden uit de *Basislijst Schooltaalwoorden vmbo*.

In de *Basislijst Schooltaalwoorden vmbo* staan woorden die je nodig hebt om de lessen op school goed te snappen. En voor later zijn ze natuurlijk ook handig.

De schooltaalwoorden in dit boek staan *schuingedrukt*. Sommige woorden ken je misschien al. Of je begrijpt de betekenis zodra je de rest van de zin leest. Zitten er woorden tussen die je nog niet kent? Zoek dan de betekenis op in de woordenlijst. Die vind je op bladzijde 62.

In totaal bestaat de *Basislijst Schooltaalwoorden vmbo* uit 1600 woorden. Ze zijn ingedeeld in zes categorieën: algemeen, wiskunde, biologie, natuurkunde, economie en mens & maatschappij. In *Transfer* staan woorden uit de categorie economie en de categorie algemeen.

Wist je dat lezen makkelijker wordt als je het vaak doet? Met drie keer twintig minuten per week merk je al een groot verschil. En *BoekenBoeien* bestaat uit maar liefst twintig verhalen. Dus mogelijkheden genoeg om te oefenen.

Inkoppertje

'Hier Klaas, voor jou op rechts', roept Rachid.
Rachid schiet de bal vanaf het middenveld naar
voren. Klaas begint te rennen en komt precies op
het goede moment onder de bal.
Hij springt hoog op en kopt de bal in de richting van
het doel.
Op het moment dat de bal zijn hoofd raakt, weet hij
dat het goed zit.
Die bal gaat naar de linker bovenhoek.
Zijn specialiteit, onhoudbaar voor de keeper. Yes!

De nieuwe trainer staat achter het doel in zijn
handen te klappen.
'Mooi', roept hij naar Klaas. 'Je doet je naam eer aan,
man. Klaas Kop!'
Klaas lacht.
'Die heb ik eerder gehoord, coach', zegt hij.
De trainer lacht nu ook.
'Ja, dat zal wel', zegt hij. 'Het is ook echt een
inkoppertje, als je Klaas Kop heet, hahaha.'
Dan zwaait hij naar de andere jongens van het
eerste elftal van Hercules.
'Kom', roept hij. 'Douchen en je sportkleren in de
wasmand gooien. Ik houd van *orde*.
En dan naar het clubhuis. We moeten de opstelling
voor zondag nog doornemen.'

De trainer loopt met Klaas mee naar de
kleedkamers.

'Wat een geweldig team zijn jullie', zegt hij tegen Klaas.
'Ik wist dat Hercules een goede ploeg was.
Daarom wilde ik hier ook zo graag werken.
Maar nu zie ik dat jullie niet alleen een goede ploeg zijn, maar ook een fijn team.'
Klaas knikt.
'Ja, gaaf hè?', zegt hij. 'Ik voetbal al mijn hele leven bij Hercules.
Ik ben als jongetje van zes begonnen. Ik ben hier dus al elf jaar.
Ik ken iedereen op de club. Het is net een grote familie.
Eigenlijk wil ik hier ook helemaal niet weg.'
'Eigenlijk?', vraagt de trainer verbaasd. 'Wat bedoel je? Heb je plannen om naar een andere club te gaan?'

Klaas voelt dat hij rood wordt. Dat had hij niet moeten zeggen.
Het moet een geheim blijven dat hij van plan is om weg te gaan bij Hercules.
Hij haalt zijn schouders op en zegt een beetje verlegen:
'Ik zou wel naar een eredivisieclub willen, over een tijdje.'
'O', zegt de trainer. 'Daar weet ik niets van. Heb je dat met je oude trainer besproken?'
'Nee.' Klaas voelt zich ongemakkelijk. Dat gebeurt hem nou altijd. Hij praat veel te snel zijn mond voorbij. Hij is niet goed in het bewaren van geheimen.

En in veel andere dingen is hij ook niet goed. Alleen voetballen, dát kan hij.

'Vergeet het maar', zegt hij dan tegen de trainer.
'Voorlopig blijf ik gewoon bij Hercules.
Ik heb het erg naar mijn zin hier.
Maar misschien komt er ooit een kans, in de toekomst … Je weet het nooit.'
'Nee', reageert de trainer. 'Je weet het nooit, dat is waar.
Maar het zou een groot *verlies* zijn voor dat fijne team van je.'

Rommel op zolder

Na afloop van de training loopt Klaas naar zijn fiets.
De meeste andere jongens zijn met de auto.
Zij lopen naar het parkeerterrein.
'Dag Klaas', roepen ze. 'Tot morgen.'
'Ja, tot morgen', antwoordt Klaas.
Hij voelt zich nog steeds een beetje ongemakkelijk.
Hij hoopt maar dat de trainer zijn mond zal houden
tegen de jongens van zijn elftal.
Als die weten dat hij weg wil, dan zal de hele sfeer
veranderen.

'Denk aan de code, hè', zegt Rachid lachend.
Hij slaat Klaas op zijn schouder, terwijl hij met zijn
scooter langsrijdt.
'Nul dertig, bal komt hoog voor op rechts', zegt
Klaas lachend. 'Ik weet het, hoor.'
'Ja en nul veertig, bal hoog op links', roept Rachid
over zijn schouder terug.
Dat hebben ze net afgesproken, die codes, op
aanraden van de nieuwe trainer.
'Anders weet de tegenstander precies wat jullie van
plan zijn', legde hij uit.

Klaas wil op zijn fiets stappen, als iemand twee
handen voor zijn ogen houdt.
'Raad eens wie?', klinkt een lachende meisjesstem.
Natuurlijk weet Klaas meteen wie dat is: zijn
vriendin, Chantal. Maar het is leuker om net te doen
alsof hij geen idee heeft.

'Eh ... Romy?', raadt hij.

'Wie is Romy?', Chantal haalt meteen haar handen weg.

Klaas draait zich om.

'Romy is een heel leuk meisje, dat altijd naar al mijn wedstrijden komt kijken', zegt hij.

'Maar niet zo leuk als jij, hoor.'

Hij trekt Chantal naar zich toe en kust haar.

'Wat lief dat je me komt halen', zegt hij. 'Fiets je met me mee naar huis?'

Chantal heeft een rimpel boven haar neus.

Dat betekent dat ze kwaad is.

'Is Romy daar ook?', vraagt ze.

Klaas schiet in de lach.

'Doe niet zo flauw, Chant', zegt hij. 'Je begrijpt toch wel dat er helemaal geen Romy is.

Ik wist meteen dat jij het was. Ik wilde je alleen maar plagen.'

'Mmmm', bromt Chantal.

Ze is nog niet helemaal overtuigd, maar de rimpel boven haar neus is verdwenen.

Klaas slaat een arm om Chantal heen. 'Vind je het leuker om samen iets te gaan drinken?', vraagt hij om het goed te maken. 'Bij "Rommel op zolder"?'

'Rommel op zolder' is een jongerencafé, boven een oude garage. Het is het café waar de spelers van Hercules vaak komen.

Het is ook de plaats waar bijna alle spelers *aan* hun vriendin zijn *gekomen*. Want 'Rommel op zolder' is populair bij meisjes die op zoek zijn naar een voetballer.

Bakkerij

Het is rustig in het café. Dat is ook logisch, het is
dinsdagavond.
En dinsdagavond is 'slow' in de horeca.
Chantal en Klaas zitten samen aan een tafeltje
ter grootte van een *gemiddeld* dienblad.
Maar de twee glazen cola passen erop.
'Hoe was het vandaag op je werk?', vraagt Klaas aan
Chantal.
Chantal haalt haar schouders op.
'Gaat wel', zegt ze. 'Ik ben de hele dag bezig
geweest met *omrekenen*.
Ik moest spullen hebben uit Rusland en uit Tsjechië.
Dus omrekenen van roebels naar euro's en van
euro's naar kronen; ik kreeg er hoofdpijn van.
Vooral ook omdat er een flinke *daling* was in de
waarde van de euro.
Vanmorgen was de euro 40 roebel *waard* en
vanavond was de euro nog maar 37 roebel en 95
cent waard. Het was echt een heftige dag.'
Klaas knikt.
Chantal werkt bij een bedrijf dat voetbalschoenen
maakt, op de afdeling *Inkoop.*
Het bedrijf *importeert* allerlei *goederen* uit Oost-
Europa.
En Chantal moet die goederen bestellen.
Ze moet ook onderhandelen over de prijs van de
goederen.
En dat is soms lastig. Want de landen in
Oost-Europa hebben de euro niet.

'Ik vind het echt knap wat je doet', zegt Klaas.
'Ik zou het niet kunnen.'
Hij legt zijn hand even op die van Chantal en knijpt
erin. Chantal knijpt terug.
'Hoe was jouw dag?', vraagt ze.
'Goed, maar lang', antwoordt Klaas. 'Ik heb mijn
vader geholpen in de bakkerij vanmorgen. Hij heeft
weer zo'n last van zijn rug; hij kon het niet alleen.'
'Je zult wel moe zijn, dan', zegt Chantal. 'Hoe laat
ben je opgestaan? Vier uur?'
Klaas knikt.
'Ik denk dat mijn vader het niet lang meer
volhoudt', zegt hij.
'Het is ook zo'n zwaar beroep, bakker. Het *wegen*
bijvoorbeeld, dat kan hij gewoon niet.
Die zakken meel zijn veel te zwaar voor hem.
We hebben ook zo'n stomme ouderwetse
weegschaal. Net als de rest van de
bakkerijmachines. Alles is hopeloos verouderd.'

Chantal denkt aan de ouders van Klaas.
Lieve mensen zijn het, allebei. Ze hebben hun hele
leven keihard gewerkt in de bakkerij.
De vader van Klaas bakte 's nachts het brood en zijn
moeder verkocht het overdag in de winkel.
Klaas had een fijne jeugd, zonder zorgen. Hij kon
goed voetballen en werd lid van Hercules. Iedere
zomer mocht hij mee naar dure trainingskampen.
Omdat hij niet zo goed op school was, kreeg hij
bijles om toch een diploma te kunnen halen.
Alle aandacht, al het extra geld was altijd voor hun
zoon.

En nu waren ze op, de ouders van Klaas.
Maar tijd om met pensioen te gaan was het nog
lang niet. Dat zou nog meer dan tien jaar duren.

'Ze zouden de bakkerij kunnen moderniseren',
zegt Chantal. 'Dan kan je vader het misschien wel
volhouden.'
'We hebben het er wel over gehad', zegt Klaas.
'Maar mijn ouders hebben het geld niet voor zo'n
modernisering.'

Eredivisie

'Kunnen ze geen *lening* krijgen van de bank?', vraagt Chantal.
'Nee', zegt Klaas. 'Dat hebben ze wel geprobeerd, maar de bank heeft de lening niet *toegestaan*. Mijn ouders zitten niet goed genoeg bij *kas*, zegt de bank.
De bakkerij levert niet heel veel op en ze hebben helemaal geen spaargeld of andere *bezittingen*.'
Chantal schudt haar hoofd.
'De banken zijn veel strenger geworden', zegt ze dan.
'Dat is op zich wel goed; mensen konden vroeger veel te gemakkelijk geld lenen.
Maar voor je ouders is het nu wel sneu.'
Ze neemt een slok van haar cola.
'Kun jij geen lening afsluiten?' Ze kijkt Klaas aan.
'Ik zou het best willen doen', zegt Klaas meteen.
'Maar ik verdien ook niet zo veel.'
'Niet?', vraagt Chantal verbaasd. 'Hoe kan dat? Je bent een hartstikke goede voetballer en je werkt ook nog bij je vader in de bakkerij.'

Klaas zucht.
'In de bakkerij verdien ik niets', zegt hij.
'Ik help mijn ouders en daarvoor woon en eet ik gratis bij hen.
Bij Hercules verdien ik niet genoeg om een grote lening te krijgen. Voor voetballers is het trouwens altijd moeilijk om geld te lenen bij de bank.

Het inkomen van een voetballer is erg onzeker.'
'Maar hoe kan dat?', vraagt Chantal voor de tweede
keer. 'Ik dacht dat voetballers altijd rijk waren.'
'Ik ben nog jong', zegt Klaas.
'Ik hoop dat ik volgend jaar of het jaar daarna naar
de eredivisie kan.
Daar liggen de salarissen een stuk hoger.
We hebben al contact met een soort
voetbalmakelaar.
Maar dat is nog geheim. Niemand mag het weten.
Jij eigenlijk ook niet.'
'O.' Het is het enige wat Chantal weet te zeggen.
'Is het wel een betrouwbaar bedrijf, van die
voetbalmakelaar?', vraagt ze dan.
'Ik weet het niet', zegt Klaas eerlijk.
'Ik had nog nooit van dat bedrijf gehoord. GloBall
Invest, heet het.
Ze zeggen dat ze voor heel veel bekende
voetballers hebben gewerkt. Ze noemden ook
namen. Kluivert en zo.'
'Pas wel goed op.' Chantal kijkt zorgelijk. 'Iedereen
kan wel zeggen dat hij voor bekende mensen heeft
gewerkt. Zoiets is nooit te controleren.'

'Wat vind je dan dat ik moet doen?', vraagt Klaas.
'Je begrijpt toch wel dat ik graag naar de eredivisie
wil?
Ik wil mijn ouders helpen en ik wil eigenlijk ook heel
g-graag eh ...'
Chantal ziet dat Klaas verlegen wordt.
Zij wangen worden een beetje rood en hij begint te
stotteren.

Ze legt weer even haar hand op de zijne.
'Wat wil je?', vraagt ze lief.
'Ik wil graag wat meer geld hebben voor ons',
zegt hij dan. 'Om leuke dingen te doen. Anders wil je
misschien mijn vriendin niet meer zijn.'

Achilles

Het is zondag: een belangrijke dag voor het eerste elftal van Hercules.
Vanmiddag spelen ze tegen Achilles.
Dat is altijd een grote gebeurtenis, want Achilles is de belangrijkste tegenstander van Hercules in de competitie. Dat was vorig jaar zo en nu is dat weer het geval.
Vorig jaar heeft Achilles twee keer gewonnen van Hercules.
Weliswaar nét, met 1-0, maar toch was het twee keer verlies voor Hercules.
De jongens van Hercules willen nu wraak.
Ze hebben hard getraind en de hele week gezond geleefd: minstens acht uur nachtrust, geen alcohol, geen sigaretten, dat soort dingen.
'Het helpt echt', heeft de trainer gezegd. 'Dus doe het.'
En alle jongens hebben zich aan de regels gehouden.
Klaas ook, al was het moeilijk, met het werk in de bakkerij. Om acht uur nachtrust te krijgen, moest hij al om acht uur naar bed.
Dat betekende: 's avonds geen tv-kijken, niet gamen en Chantal niet zien. De hele week.

's Morgens zitten de jongens bij elkaar in het clubhuis. De trainer spreekt nog één keer de tactiek door.
'Denk om nummer 7 van Achilles, Klaas', zegt hij.

'Dat is een gevaarlijke man. Hij heeft niet zo veel kwaliteit als jij, maar wel meer *kwantiteit*.'
Klaas kijkt even verbaasd, maar dan moet hij lachen.
'U bedoelt dat hij zwaarder is?'
'Precies', antwoordt de trainer. 'Jij bent handiger, sneller en je hebt meer techniek.
Maar die nummer 7 heeft veel meer *kg*, veel meer kilo's dus. En dat kan *invloed hebben*, zeker bij duels.
Als hij duwt, duwt hij met tachtig kilo. Als jij duwt, duw je met nog geen zeventig kilo.
Hij is dus meer dan tien kilo in het voordeel.
Wat betekent dat?'
'Niet duwen', grinnikt Klaas.
'Precies', zegt de trainer weer. 'Probeer directe duels te vermijden.
Concentreer je op je techniek, op je snelheid.'
Klaas knikt.
'En dan nog iets', gaat de trainer door. 'Jullie moeten allemaal je terrein goed *afbakenen*. Achterspelers spelen achter, voorspelers spelen voor.
Ik weet dat jullie oude trainer daar anders over dacht, maar ik wil het zo.
Denk altijd aan je positie op het veld en loop een ander niet in de weg. Afbakenen, dus.'
De jongens knikken allemaal. De trainer heeft het voor het zeggen.

'Dan nog dit *ter afsluiting*', zegt de trainer.
'Ik wil dat jullie de tegenstanders beleefd ontvangen. Geen vervelende opmerkingen als jullie elkaar een hand geven.

Als ik het toch hoor, zit je de volgende drie
wedstrijden op de bank. Begrepen?'
De jongens kijken elkaar aan, maar ze durven geen
rare gezichten te trekken.
'Begrepen?', herhaalt de trainer.
'Ja, coach', zeggen de jongens.

Minnetjes

Klaas is zenuwachtig als hij het veld oploopt.
Meestal is dat niet zo.
Meestal is hij heel relaxed voor een wedstrijd.
Maar nu zitten zijn ouders op de tribune, en
Chantal.
Bij belangrijke wedstrijden komen zij altijd kijken.

Klaas geeft de spelers van Achilles allemaal netjes
een hand en wenst ze een prettige wedstrijd.
Ook nummer 7 krijgt een hand van hem.
'Prettige wedstrijd', zegt Klaas.
'Nou, ik wens jou niet hetzelfde toe', zegt nummer 7.
'Ik denk dat jij het niet gaat maken, Kop, tegen mij.
Je ziet er zo *minnetjes* uit.
Ik denk dat jouw kop gaat rollen, hahaha.'
Klaas zucht.
Weer iemand die denkt dat hij een grapje kan
maken met de naam Kop.
Hij zegt niets terug, maar loopt door om de
volgende speler een hand te geven.
En dan begint de wedstrijd.

Achilles begint meteen aan te vallen.
Alle voor- en middenspelers staan al snel op de
helft van Hercules.
Klaas blijft op zijn plaats en verdedigt niet mee.
Want dat was de opdracht van de trainer. Maar het
voelt niet fijn; Klaas heeft liever iets te doen dan
maar te wachten tot de bal in zijn *bezit* komt.

Saai, zo.

Maar dan ineens schopt Rachid de bal ver naar voren, net als op de training.

'Code nul veertig', hoort Klaas.

Zonder verder na te denken rent hij naar voren, *dwars* over het veld, naar de linkerkant voor het doel. De bal komt weer precies boven zijn hoofd terecht.

Wat kan Rachid toch goed plaatsen!

Klaas springt en probeert de bal in de rechter bovenhoek van het doel te koppen.

Yes, Klaas Kop in actie!

Maar dan ziet hij uit zijn ooghoek dat nummer 7 *nadert*. Logisch natuurlijk, nummer 7 is de verdediger van Achilles. Die moet *verhinderen* dat Klaas een doelpunt maakt.

En dat doet hij ook. Terwijl Klaas de bal kopt, krijgt hij een duw van nummer 7.

Niet echt hard, maar hard genoeg. Klaas kopt de bal naast.

'Ach', klinkt het van de kant van de tribune.

'Zie je', zegt nummer 7 tegen Klaas. 'Minnetjes. Ik zei het al.'

'Prima actie', roept de trainer vanaf de zijlijn.

'Maar je mag wel wat meer *risico* nemen.'

Klaas begrijpt niet goed wat de trainer van hem wil. Risico nemen? Hoe dan?

Maar veel tijd om daarover na te denken krijgt hij niet. De bal komt weer zijn kant op, vanuit de verdediging. Snel neemt hij de bal aan en rent ermee over het veld.

Hij passeert een speler van Achilles, twee, drie,
en dan staat hij alleen voor de keeper.
Het publiek juicht.
De keeper komt zijn doel uit, zodat het moeilijker
wordt voor Klaas om te schieten.
'Afgeven', brult nummer 7, om Klaas in verwarring
te brengen.
Maar Klaas trapt er niet in. Hij schiet zelf, keurig
langs de keeper.
Het is geen hard schot, maar wel zuiver.
Rustig rolt de bal over de doellijn. 1-0!

Keurig pak

Samen met de andere jongens loopt Klaas naar de kleedkamer. Het is rust.
Het liefst zou hij nu even naar Chantal toegaan, maar dat mag niet van de trainer.
In de rust moeten ze de tactiek voor de tweede helft doorspreken.
Hij kijkt wel even naar de tribune. Chantal zwaait, maar zijn ouders kijken niet naar hem.
Ze zijn in gesprek met iemand die Klaas niet kent.
Een oudere man in een keurig pak, vast een *zakenman*.
Misschien wel iemand van GloBall Invest!
Zou die man hier, tijdens een wedstrijd, *zaken* willen *doen*?
Op de tribune? En zonder Klaas zelf erbij?
Natuurlijk kan dat; Klaas is 17 en dus nog minderjarig.
Zijn ouders kunnen alles voor hem beslissen tot hij 18 is.
'Kom op, doorlopen Klaas', zegt de trainer.
'De rust duurt maar een kwartier en ik heb een plan *uitgewerkt* dat ik met jullie wil doorspreken.'
Klaas zet de gedachten aan de zakenman op de tribune van zich af.

De tweede helft is veel harder dan de eerste helft.
De trainer van Achilles heeft zijn team zeker geïnstrueerd om alles op alles te zetten. Desnoods met geweld.

Klaas wordt nu door twee verdedigers gedekt,
de zware nummer 7 en nummer 11.
Het is onmogelijk voor Klaas om goed voor het doel
te komen.
Dan *komt* nummer 7 weer *tevoorschijn* van links,
dan *vertoont* nummer 11 zich weer op rechts.
Hij wordt op zijn hielen gelopen, hij krijgt een paar
gemene duwen, hij wordt zelfs hard tegen zijn
enkel geschopt.
De scheidsrechter fluit nu voor de tiende keer tegen
nummer 7 van Achilles en loopt boos naar hem toe.
'Als je nog één keer iets flikt, ga je eruit', dreigt hij.
'Sorry', zegt nummer 7 tegen de scheidsrechter. 'Ik
ben een beetje te enthousiast. Ik zal me inhouden.'
Maar als de scheidsrechter zich heeft omgedraaid,
geeft hij Klaas gauw een elleboogstoot tussen zijn
ribben.
Klaas voelt een pijnscheut door zijn lijf trekken en
tegelijkertijd voelt hij een enorme woede in zich
opkomen. Even wil hij nummer 7 aanvliegen, maar
hij weet zich te beheersen.
'Lafbek', zegt hij alleen.
Een kwartier later is de wedstrijd afgelopen. 1-0
voor Hercules, dankzij Klaas!

Klaas steekt zijn armen in de lucht.
'Gewonnen', lacht hij naar Chantal, die al naar hem
toeloopt.
'Ja, maar die nummer 7 heeft je wel gemeen te
pakken genomen.' Chantal kijkt bezorgd naar Klaas.
'Mijn complimenten voor jouw professionele
houding', zegt dan een stem achter hem.

Klaas draait zich verbaasd om. Het is de zakenman in het keurige pak.
Hij steekt zijn hand uit.
'Ik ben Albert Snel', zegt hij. 'Ik wil graag een afspraak met je maken.'

Bitterballen

Na de wedstrijd zitten ze allemaal met elkaar in
het clubhuis. Alle spelers met hun familie, en ook de
trainer is erbij.
'Mogen we nu een biertje, coach?', vraagt een van
de jongens. 'Om de overwinning te vieren?'
Maar de trainer schudt zijn hoofd.
'Discipline is belangrijk, jongens', zegt hij.
'Als je wat bereiken wilt, moet je dingen kunnen
opofferen, zo simpel is dat.
En niet een week lang, maar jarenlang.
Maar kijk, daar komen de bitterballen die ik besteld
heb. Die mogen wel. Om de overwinning te vieren.'
Een meisje komt met een grote schaal gloeiend
hete bitterballen aan.
'Denk eraan afbakenen', roept Rachid.
'De voorspelers mogen de ballen van de voorkant
van de schaal en de achterspelers die van de
achterkant.'
De jongens moeten allemaal lachen. En de trainer
lacht mee.

'Dat is een verstandige trainer', zegt de moeder van
Klaas.
Ze zit met haar man bij de ouders van Rachid.
De vader van Rachid knikt.
'Het is belangrijk dat ze hard worden, onze jongens',
zegt hij. 'Voor zichzelf, maar ook voor anderen.
Ze kunnen topvoetballers worden, Klaas en Rachid,
allebei.

Dat lijkt leuk, maar ze komen dan ook in aanraking met de andere kant van de sport. Topvoetbal is eigenlijk geen sport, het is *handel*. En de voetballers zijn handelswaar.

Voor enorme *bedragen* worden jonge jongens aan buitenlandse clubs verkocht, *geëxporteerd* eigenlijk.

Op zo'n jonge leeftijd zijn ze nog niet *ervaren* genoeg om daar goed mee om te gaan.

Ze krijgen bedragen te horen waarvan hun hoofd gaat duizelen.

En ze zeggen al gauw ja tegen alles.

We moeten oppassen dat ze zich niet laten overdonderen, onze jongens.

Daarom hebben we ook die voetbal*handelaar*, eh voetbalmakelaar ingeschakeld, die Snel.

Ik zag dat hij vandaag met jullie aan het praten was?'

De vader van Klaas knikt en kijkt even naar zijn zoon, die net een bitterbal in zijn mond heeft. De bal is natuurlijk veel te heet en Klaas zit met tranen in zijn ogen en open mond te lachen.

Het is echt nog een kind, denkt de vader van Klaas. In vergelijking met de andere jongens van het elftal zijn Klaas en Rachid ook nog kinderen. Zij zijn de jongsten; de anderen zijn allemaal een paar jaar ouder.

'Ik zou het vreselijk vinden als Klaas naar een buitenlandse club zou gaan', zegt hij tegen Rachids vader. 'Ik hoop dat hij kiest voor een *binnenlandse* club, een club in Nederland, bedoel ik.'

Snel

Klaas zit op een hip leren stoeltje in het moderne kantoor van Albert en Roelof Snel.
Vader en zoon, zijn het. Ze runnen samen het bedrijf GloBall Invest.
'Meneer Snel komt zo', heeft een meisje tegen hem gezegd. 'Gaat u maar vast zitten, meneer Kop. Kan ik misschien een kopje koffie voor u halen?'
Om dat 'u' en 'meneer Kop' moest Klaas wel lachen.
Maar hij voelde zich er ook wel belangrijk door.
'Ik drink geen koffie, dank je', zei hij tegen het meisje.
Maar het meisje gaf niet op: 'Een kopje thee misschien?'
'Ja, goed', zei Klaas toen maar.
En nu zit hij dus hier, in het chique kantoor van GloBall Invest, met een kopje thee in zijn handen.
Hij kijkt om zich heen.
Het kantoor ziet er duur uit, met moderne meubels en kunst aan de muren.
Mooi vindt Klaas dat. Heel anders dan de ouderwetse inrichting bij hem thuis.
Zo wil hij zijn huis later ook, zo mooi, licht en modern.

'Zo, Klaas, fijn dat we zo snel een afspraak konden maken.'
De jongere Snel komt binnen, glad geschoren, en ook keurig in het pak. Alles is snel aan hem: zijn naam, zijn tempo, zijn uiterlijk.

Klaas staat op en geeft de man een hand.
'Dag meneer Snel', zegt hij.
'Roelof, Roelof', antwoordt de man hartelijk.
'Geen meneer, hoor.'
'Oké', zegt Klaas verlegen.
'Dan moeten wij nu even zakelijk worden',
zegt Roelof ernstig, terwijl hij gaat zitten.
'Je wilt weg bij Hercules, hoorde ik?'
Klaas knikt: 'Ik wil graag naar de eredivisie.'
'Precies, en daar is GloBall Invest de juiste
organisatie voor. Wij onderhandelen met de clubs
en met de voetballers.
Wij kennen de *markt*. Wij weten hoeveel de
clubs kunnen besteden. Wij weten naar wat voor
voetballers ze op zoek zijn.
En wij weten wat voor talent er rondloopt in
Nederland. En jij ...'
Roelof wacht even om de spanning op te bouwen.
'En jij bent een van de meest talentvolle spelers van
het moment', gaat hij verder.

Klaas is gewend aan complimenten, maar zo'n
groot compliment had hij niet verwacht.
Hij kijkt verlegen naar het theekopje in zijn hand.
'Dank u wel', zegt hij.
Nu moet ik iets terugzeggen, denkt hij. Maar wat?
Dan kijkt hij Roelof recht aan: 'Ik wil graag naar
PSV.'

Roelof begint te lachen.
'Ja, dat wil iedereen', zegt hij. 'Maar PSV is niet voor
iedereen bereikbaar, jongen.

Ik ga natuurlijk mijn best voor je doen. Ik zal laten weten dat jij beschikbaar bent.

En ja, PSV kan een goede spits gebruiken.

Maar weet je ...'

Weer wacht Roelof even met verder praten.

'Weet je ... nog even wachten is misschien verstandiger. Je wordt alleen maar meer waard. Als we je volgend jaar in de verkoop doen, dan is je *opbrengst* veel groter.'

Verward

Verward fietst Klaas naar huis.
Het gesprek bij GloBall Invest heeft maar een
halfuurtje geduurd.
Maar Klaas heeft zo veel informatie gekregen dat
zijn hoofd ervan duizelt.

'PSV moet op jou *bieden*', heeft Roelof gezegd.
En dat snapte Klaas nog wel.
'Dat bod moeten we goed bekijken', had Roelof toen
gezegd. En ook dat snapte Klaas.
Toen kwam Roelof met voorbeelden.
Enorme bedragen noemde hij.
Honderdduizend euro, tweehonderdduizend euro,
zelfs een half miljoen euro.
Roelof rekende uit hoeveel Klaas zou gaan
verdienen.
Hij maakte op een rekenmachine allerlei
berekeningen: *optellingen* en *vermenigvuldigingen*.
Uiteindelijk begreep Klaas wel dat hij iedere maand
een aardig bedrag te besteden zou hebben. Genoeg
om zijn ouders te helpen en om leuke dingen te
doen met Chantal.

Maar daarna ging het over GloBall Invest en dingen
als opgebouwde *schulden* en *rente* die daarover
betaald moest worden.
Klaas kende de *termen* nog wel van school, van de
economieles.
Maar wat ze nu precies in dit geval betekenden ...

Natuurlijk had hij tegen Roelof kunnen zeggen dat hij het niet goed begreep.
Hij had kunnen vragen of Roelof het beter uit kon leggen. Maar dat deed hij niet.
Klaas wilde graag 'een van de meest talentvolle spelers van het moment' zijn en niet een jongen die zijn eigen contract niet kan lezen.

Toen was Roelof met een *model*contract aangekomen. Hij had het uitgelegd. Dat Klaas nu nog niets hoefde te betalen aan GloBall Invest.
Dat GloBall Invest later, als alles rond was, pas een rekening zou sturen.
Klaas liep dus geen enkel risico.
Maar Klaas moest wel beloven dat hij niet naar een andere voetbalmakelaar zou gaan en dat hij nog niets zou zeggen bij Hercules.
Daar moest hij voor tekenen. En zijn ouders ook, omdat hij nog geen 18 was.
Met een echt contract in zijn zak was Klaas weggegaan.

Het waait hard en Klaas heeft tegenwind.
Maar dat vindt hij niet erg. Zo waaien lekker alle zorgen uit zijn hoofd.
Zorgen over het gesprek bij GloBall Invest, bijvoorbeeld.
Maar eigenlijk, denkt Klaas, was het een prima gesprek.
Al die bedragen die hij gehoord heeft, fantastisch!
Zelfs als hij de helft zou gaan verdienen, dan is het nog hartstikke veel.

Even denkt hij nog aan al die moeilijke termen die Roelof heeft genoemd.
Maar dan schudt hij zijn hoofd.
Hij loopt geen enkel risico, dat heeft Roelof zelf gezegd.
Hij hoeft GloBall Invest pas te betalen als hij lekker bij PSV speelt. En tonnen verdient.

Romy

Klaas moet stoppen voor een stoplicht en ziet dan waar hij is.
Vlak voor het bedrijf waar Chantal werkt.
De digitale klok op de voorkant van het gebouw knippert: 12.34.
Iets over halféén; dat is lunchpauze voor Chantal!
Zonder er verder over na te denken zet Klaas zijn fiets tegen een boom en gaat het gebouw in.
De dame achter de balie groet hem vriendelijk.
'Ik kom voor Chantal', zegt Klaas.
De dame wijst: 'Kijk, daar komt ze net aan.'

Chantal straalt als ze Klaas ziet.
'Wat leuk dat je langskomt', zegt ze. 'Nu kunnen we samen lunchen.
Ga mee naar de bedrijfskantine. Daar hebben ze zulke lekkere broodjes. En soep.'
Ze pakt een hand van Klaas en trekt hem mee.
Klaas vindt het eigenlijk maar niks; hij was liever alleen geweest met Chantal.
Maar toch loopt hij mee naar de kantine.

'Kijk allemaal, dit is Klaas, mijn vriend', zegt Chantal, als ze de kantine binnenkomen.
Iedereen kijkt op en Klaas voelt zich niet erg op zijn gemak.
'Ha Klaas, de grote voetballer van Hercules', wordt er geroepen.
En: 'Leuk dat je ons met een bezoek vereert, Klaas.'

En: 'Prima actie van je, afgelopen zondag.'
Klaas kijkt lachend om zich heen.
Eigenlijk is dit wel leuk: al die mensen, die hem
kennen en die trots op hem zijn.

'Kom Klaas', zegt Chantal. 'Kijk even wat je wilt
hebben, voordat het buffet *gesloten* is.'
Klaas loopt met Chantal mee.
Het jonge meisje achter het buffet wordt rood als
ze Klaas ziet.
'O, Klaas Kop, wat geweldig', zegt ze. 'Ik ben al een
hele tijd verliefd op je.
En nu sta je gewoon hier. Wat kan ik voor je doen?
Je zegt het maar en ik doe het.'
Klaas kijkt het meisje verbaasd aan. Maar dan moet
hij lachen.
'Als je maar weet dat hij van mij is, Romy', snauwt
Chantal. Zij moet helemaal niet lachen.

'Ik wil wel graag een cappuccino', zegt Klaas gauw.
Hij ziet het enorme koffieapparaat achter het
meisje staan en hoopt dat ze zich gauw omdraait
om koffie te maken.
Zo kunnen Romy en Chantal tenminste geen ruzie
maken.
Had ik maar een andere naam bedacht om Chantal
te plagen, denkt hij.
Romy schudt haar hoofd.
'Ik kan ons supermoderne koffie*systeem* niet
gebruiken', zegt ze.
'Bij controle bleek er iets niet goed te zijn met het
verbruik.

In plaats van gemiddeld zes *gram* koffie per kopje, gebruikten wij zeker negen gram, dus anderhalf keer zo veel.

De monteur heeft vanmorgen wel een uur onderzoek *verricht*, maar hij heeft de fout niet gevonden.'

'Dat interesseert Klaas niet, Romy', zegt Chantal nijdig. 'Hij lust geeneens koffie.

Geef maar twee broodjes oude kaas en twee glazen melk.'

Zekerheid

Als Klaas thuiskomt, zit zijn vader in een stoel voor de tv.

Dat verbaast Klaas; zijn vader zit nooit tv te kijken.

'Hé pa', zegt hij plagend. 'Wat is dat nou voor luxe gedoe? Tv-kijken op een werkdag?'

Maar dan ziet hij dat zijn vader een groot verband om zijn arm heeft.

'Wat is er gebeurd?', vraagt Klaas geschrokken.

'Heb je een ongeluk gehad in de bakkerij?'

Zijn vader kijkt somber.

'Toen ik het brood uit de oven haalde, heb ik me gebrand aan de bakplaat', zegt hij.

'Erg?', wil Klaas weten.

'Een behoorlijke brandwond', zegt zijn vader.

'Ik moet mijn arm omhooghouden, voor een betere genezing. Het is niet heel dramatisch, hoor.

De dokter denkt dat ik over een week of twee wel weer kan werken. Alleen ...'

Hij slikt even.

'Alleen ... we kunnen de winkel niet twee weken sluiten. Dat trekken we niet, financieel.'

'Hoe kan dat nou?', vraagt Klaas. 'Je bent toch *verzekerd*?'

'Ja, voor ziektekosten', legt zijn vader uit. 'En voor brand en inbraak. Maar niet voor een paar weken niet werken.'

Klaas laat zich in een stoel vallen en zucht.

'Dus de bakkerij had beter kunnen affikken', zegt hij.

'Dan had de verzekering je lekker een nieuwe bakkerij gegeven.'
Zijn vader schiet in de lach, ondanks zijn pijnlijke arm. 'Nou, zo simpel is het nou ook weer niet', zegt hij. 'Ik ben verzekerd voor een bepaald bedrag. Dat bedrag krijg ik van de verzekering als de hele bakkerij verloren gaat. Maar alles wat niet verloren gaat, dat wordt weer van dat bedrag afgetrokken.'

'Dus je hebt helemaal geen *zekerheid*, al ben je verzekerd?', vraagt Klaas. Zijn vader haalt zijn schouders op en zegt niets. Klaas zou op zijn vader willen mopperen, hem zeggen dat hij voorzichtiger had moeten zijn. Maar tegelijkertijd weet Klaas wel dat het niet alleen aan zijn vader ligt, maar ook aan de oude troep in de bakkerij.

De bakkerij staat op *instorten*, denkt hij.
Als er niets verandert, zullen er nog veel meer ongelukken gebeuren. 'Ik zal het brood wel bakken de komende twee weken', zegt hij daarom. 'Ik kan het wel alleen; ik heb je vaak genoeg geholpen. En over een paar maanden, dan zijn we uit de zorgen. Kijk, ik heb een contract met GloBall Invest. Zij gaan onderhandelen met PSV. En als je zoon eenmaal een PSV-spits is, nou dan kun je een oven kopen *ter waarde van* een sportauto! In die oven gaat alles automatisch en is het onmogelijk om je ooit nog te branden.'
De vader van Klaas moet lachen. En met zijn gezonde arm zet hij zijn handtekening onder het contract.

Zwaar

De weken na het ongeluk van zijn vader werkt
Klaas keihard. 's Morgens om 4 uur staat hij al in de
bakkerij. Alleen.
De eerste paar dagen stond zijn vader ook steeds
vroeg op, om Klaas te helpen.
Klaas zei wel dat hij beter lekker in bed kon blijven.
Maar zijn vader was eigenwijs en kwam toch de
volgende dag weer in de bakkerij.
Toen moest Klaas *optreden* tegen zijn vader en dat
vond hij best moeilijk.
De vader- en zoonrollen waren ineens omgedraaid.
'Die machines zijn gevaarlijk en jij bent onhandig
met die gewonde arm', zei Klaas.
'Ik moet nu steeds op je letten, pa.
Dat kost me meer tijd dan als ik alles alleen doe.
Ga alsjeblieft weg en laat mij dat brood nou bakken.'
En toen ging de vader van Klaas maar weg.
Mopperend, natuurlijk, maar hij ging.

Als de broden om acht uur warm in de winkel
liggen, voelt Klaas zich trots.
Donkerbruin brood, lichtbruin brood, wit brood,
krentenbollen ... hij kan het allemaal maken. Net zo
goed als zijn vader.
Maar veel tijd om trots te zijn heeft hij niet, want
om halftien moet hij trainen.
Snel douchen om het meelstof uit zijn haar te
spoelen, trainingspak aan en op de fiets naar de
training.

Eerst de duurtraining: rondjes om het veld heen rennen.
Een rondje sprinten en een rondje rustig uitlopen, dan weer sprinten, enzovoort.
Daarna een paar keer zijwaarts het veld overhuppelen en de tweetaloefeningen.
En dan pas komt het voetballen, het leukste van de training.
Spelschema's uitvoeren en combinaties inoefenen.
Twee uur lang, elke dag.

De meeste jongens van zijn team gaan 's middags nog even naar de sportschool om krachttraining te doen. Maar Klaas gaat niet mee.
Hij gaat gauw naar huis, om verder te werken in de bakkerij.
Koekjes, gebak, taarten, dat doet hij allemaal 's middags.
Het is minder zwaar werk dan het brood bakken, maar het kost wel veel tijd.
De ouders van Klaas hebben even overwogen om maar geen gebak te verkopen, omdat het Klaas zoveel tijd kost.
Maar Klaas wilde daar niets van weten.
'We verdienen veel meer op gebak dan op brood', zei Klaas.
Hij maakte een optelsom van tien verschillende broden.
Onder de *optelstreep* kwam het getal 23 te staan.
Toen maakte hij een optelsom van tien verschillende gebakjes.
Onder die optelstreep kwam het getal 29 te staan.

'En,' zei Klaas, 'dan moeten we nog berekenen
hoeveel de grondstoffen kosten.
Meel voor tien broden is een paar euro, meel voor
tien gebakjes is nog geen vijftig cent!'

De ouders van Klaas moesten lachen.
'Jij vergeet dat we voor gebak ook andere
grondstoffen nodig hebben', zei de vader van Klaas.
'Suiker, room, dat soort dingen. Die zijn duur, hoor.
Duurder dan meel.
Maar je hebt wel gelijk: op gebak verdienen we
meer dan op brood.
Laten we maar gewoon doorgaan met de verkoop
van gebaks*waren*.
Het is wel zwaar voor jou, Klaas, maar gelukkig is
het maar voor twee weken.'

Stomme pech

Helaas is de arm van Klaas' vader na twee weken
nog lang niet genezen.
De brandwond is gaan ontsteken en ziet er slecht
uit.
'Hoe kan dat nou?', vraagt de vader van Klaas aan
de dokter.
'Waar komt die ontsteking nou vandaan? Ik houd
de bakkerij altijd zo goed schoon.'
'Meelstof', antwoordt de dokter meteen.
'Dat spul zweeft altijd rond in een bakkerij en kan
heel *schadelijk* zijn.
Er kunnen bacteriën inzitten.
Ik hoop maar dat we deze ontsteking met
antibiotica kunnen stoppen.'
De dokter kijkt bezorgd.
'En als dat niet kan?', vraagt Klaas, die met zijn
vader is meegegaan naar de huisarts.
'In het ergste geval moet de onderarm eraf', zegt de
dokter.
'Maar zover zijn we nog lang niet, hoor.
Neem de medicijnen wel goed in, meneer Kop.
En kop op, man!'

Ze zeggen weinig tegen elkaar, als ze samen
teruggaan.
Klaas' vader loopt met zijn hoofd naar beneden.
'Als die arm niet beter wordt, gaan we failliet,
Klaas', zegt hij als ze bijna thuis zijn. 'Bakkerij Kop
over de kop.'

'Begin jij nou ook al, pa?', moppert Klaas. Maar toch
moet hij wel een beetje lachen.
Het is wel dapper van zijn vader om nu een grapje
te maken. Al is het een flauw grapje.

'En dat is dan allemaal mijn schuld', gaat Klaas'
vader verder.
'Natuurlijk niet', stelt Klaas hem gerust.
'Niemand heeft kunnen *voorzien* dat dit zou
gebeuren.
Het is gewoon pech, stomme pech. Meer niet.'
'Maar stel je voor dat ik straks echt maar één arm
heb, wat dan?'
De stem van Klaas' vader klinkt ongerust.
'Nou, dan neem ik de zaak toch over', zegt Klaas
stoer.
Het is eruit voordat hij er goed over heeft
nagedacht. Hij schrikt er zelf van.
De bakkerij overnemen, o hemel nee! Hij wil
voetballen, geen brood bakken!

'Ik vind het fijn dat je dat zegt, jongen.' Zijn vader
klinkt echt opgelucht.
'Ik ben blij dat je inziet dat alles *betrekkelijk* is,
zelfs voetballen.
Maar ik hoop dat ik zelf kan blijven bakken.'

X-factor kwijt

Klaas werkt en traint en traint en werkt. En op zondag speelt hij wedstrijden.
Hij doet zijn best, maar de prachtige combinaties van een paar weken geleden lukken niet meer.
Hij is nog steeds een goede voetballer en een waardevolle spits voor zijn elftal, dat wel. Hij maakt nog steeds veel doelpunten, bijna net zo veel als vroeger.
Vroeger lag zijn gemiddelde op 1,5 doelpunten per wedstrijd en dat is nu 1,2.
Ook nog best goed. Maar het bijzondere, speciale ..., de X-factor zeg maar, die is hij kwijt.

De trainer informeert bij Klaas of het wel goed met hem gaat.
Hij vraagt of Klaas misschien problemen heeft met zijn vriendin of thuis.
Even twijfelt Klaas: zal hij de trainer in vertrouwen nemen?
Misschien kan hij hem wel helpen, misschien heeft hij wel goede adviezen.
Maar dan schudt Klaas zijn hoofd. Nee hoor, alles is onder controle en alles is oké.
Stel je voor dat de trainer me anders niet meer opstelt, denkt Klaas.
Stel je voor dat hij vindt dat ik even rust moet nemen.
Als ik niet speel, dan is PSV natuurlijk niet in me geïnteresseerd.

Chantal maakt zich ook zorgen over Klaas.
Ze ziet hem bijna nooit meer, omdat hij letterlijk
dag en nacht aan het werk is.
En als ze even samen zijn, een halfuurtje bij
'Rommel op zolder', dan is Klaas niet meer de leuke
Klaas van vroeger.
Hij is ineens geen toffe tiener meer, maar een
zorgelijke volwassene.
En eigenlijk heeft Chantal geen zin in een vriendje
met zorgen.
Maar ja, het uitmaken, nu Klaas het zo moeilijk
heeft ... dat kan ze toch ook niet doen.
Ik moet actie ondernemen, denkt Chantal.
Iets doén! Want zo wil ik het niet.
Maar wát moet ik doen?

Beste Klaas

Klaas ziet ook wel in dat het zo niet lang meer door kan gaan.
En dat er een oplossing moet komen, op korte termijn.
Hij belt GloBall Invest.

'Ja, hallo Klaas, met Roelof', klinkt het gehaast.
'Wat kan ik voor je doen?'
'Luister, ik wil die transfer NU', zegt Klaas zo krachtig mogelijk.
'Ik wil weg bij Hercules. Het liefst ga ik naar PSV, maar een andere eredivisieclub is ook goed.
Ik wil dat je het voor me regelt, desnoods voor een lager bedrag.'
Roelof Snel is even stil. Dan begint hij rustig te praten: 'Ik ben voor je bezig, Klaas, dat weet je toch? PSV is geïnteresseerd in je, jongen. Maar ze bieden niet genoeg. Nog niet. We wachten op een beter bod en dat gaat zeker komen. Misschien over drie maanden, misschien over een jaar. Maar het is het waard om daarop te wachten, Klaas, echt.
Laat het nou aan ons over.
Wij weten wat we doen; wij zijn de professionals, de zakenmensen.'
'Precies,' onderbreekt Klaas hem, 'jullie zijn de zakenmensen, doe dan ook zaken. Nu. Voor mij.
Ik ben de klant en ik geef jullie die opdracht.
En als je het niet wilt regelen, dan zoek ik een andere voetbalmakelaar.'

Klaas beëindigt het gesprek voordat Roelof iets
terug heeft kunnen zeggen.
Daarna zucht hij diep. Hij vindt het erg moeilijk om
zo op te treden.
Het past niet bij zijn karakter.
Roelof Snel belt meteen terug, maar Klaas
antwoordt niet. Hij weet zeker dat hij zich anders
toch laat ompraten.
Maar tien minuten later komt er een sms-bericht
van Roelof. En daar schrikt Klaas erg van.

Klaas, je kunt niet bij ons weg, want je hebt een
contract. We hebben veel tijd gestoken in jou en
je hebt een *schuld* opgebouwd bij GloBall Invest.
We lijden *schade*, als jij bij ons weggaat. Daarvoor
moet je ons *schadeloos* stellen. Dat betekent dat je
ons geld moet betalen, volgens de *formule* die in
het contract staat. Dat is nu meer dan 20.000 euro.
Denk niet dat we wel iets met je zullen *schikken*,
als je besluit weg te gaan. We zullen al het geld dat
je ons schuldig bent *vorderen*.
Wacht gewoon nog even af, Klaas. Dat is voor jou en
ons het beste. R.S.

Hulp

'Ik weet het niet meer, Chant', huilt Klaas.
Chantal schrikt zich rot. Ze had Klaas helemaal niet verwacht.
En nu staat hij ineens voor haar bureau, op haar werk. Huilend nog wel.
'Kom maar even mee', zegt Chantal. Ze neemt zijn hand en trekt hem het kantoor uit.
Weg van de verbaasde blikken van haar collega's.
'In de kantine is nu niemand', zegt Chantal.
'Daar kunnen we wel even gaan zitten.'
Ze lopen samen naar de kantine en gaan zitten bij een tafeltje aan het raam.
'Vertel', zegt Chantal dan. 'Wat is er gebeurd?'

Klaas laat haar het bericht van Roelof Snel lezen.
'Ik zit aan alle kanten vast, Chant.'
Zijn stem klinkt nu iets rustiger. 'Ik weet niet meer wat ik moet doen.'
Chantal kijkt naar de verdrietige Klaas.
De Klaas, die zij eigenlijk niet meer als vriendje wil.
Maar ze heeft wel medelijden met hem.

'Ik vraag het aan mijn baas', zegt ze dan. 'Vind je dat goed? Hij weet wel het een en ander *ten aanzien van* voetbal en contracten.'
'O?', vraagt Klaas verbaasd. 'Hoezo?'
'Vroeger was hij profvoetballer', zegt Chantal.
'Toen hij te oud was voor het profvoetbal, heeft hij dit voetbalschoenenbedrijf opgezet.'

'Nou,' zegt Klaas, 'als hij me kan helpen, dan graag natuurlijk.
Ik weet het niet meer en mijn ouders weten het ook niet.'

'Ik zal mijn baas even bellen', zegt Chantal.
'Kijken of hij tijd voor ons heeft.'
Klaas legt zijn hand op die van Chantal.
'Dank je Chant', zegt hij lief. 'Ik weet dat ik geen leuk vriendje voor je ben, nu.
Maar toch heel fijn dat je me niet laat vallen.
En als ik eenmaal in de eredivisie speel, dan wordt alles weer gezellig; dat beloof ik.'
Chantal voelt weer vlinders in haar buik. Voor het eerst in weken.

Failliet?

De baas van Chantal heet Bert Buitenspel en hij
heeft wel even tijd voor Klaas.
'Niet nu meteen, maar over een uurtje', heeft hij
tegen Chantal gezegd.
'Ga jij dan gauw naar huis om dat contract te halen',
zegt Chantal tegen Klaas.
'Dan kan mijn baas beter beoordelen wat er aan de
hand is.'
Klaas geeft haar een zoen op haar neus.
'Doe ik', zegt hij. 'Ik ben zo weer terug.'

Chantal kijkt hem na, terwijl hij wegfietst.
'Dat is balen, hè?', hoort ze ineens naast zich.
Chantal kijkt verbaasd opzij; daar staat Romy.
'Dan denk je dat je een stoer vriendje hebt, en dan
staat ie gewoon te janken', zegt Romy.
Chantal voelt dat ze boos wordt, maar dat laat ze
niet blijken.
'Iedereen heeft het wel eens moeilijk', zegt ze.
'Iedereen mag af en toe zwak te zijn. Klaas ook.
Hij krijgt heel wat voor z'n kiezen op het ogenblik.
En dan merk je dat die hele stoere buitenkant ook
maar betrekkelijk is.'
Romy grijnst.
'Je wilt hem dus nog wel', constateert ze.
'Hoezo?', vraagt Chantal.
'Ik dacht dat je hem niet meer zag zitten', legt Romy
uit. 'En ik wilde hem wel van je overnemen.
Maar dat gaat dus niet door.'

'Nee, dat gaat dus niet door', herhaalt Chantal.
'Jammer.' Romy staart even uit het raam.
'Heb je trouwens al gehoord dat er problemen zijn
in het bedrijf?', vraagt ze dan.

Even overweegt Chantal niet op de opmerking van
Romy in te gaan.
Rare griet, denkt ze. Ze wil me kennelijk met alle
geweld een rotgevoel geven.
Maar toch vraagt ze:
'Wat voor problemen? Moet ik bang zijn voor mijn
baan?'
'Misschien wel', antwoordt Romy. 'Het is de *vracht*
vanuit Tsjechië.
Ik weet het niet precies, maar er is iets gebeurd bij
de grens. De spullen die wij in Tsjechië bestellen,
moeten in Nederland *ingevoerd* worden. Daar moet
voor betaald worden.'
Chantal knikt. Dat weet ze wel, invoerbelasting.

'En de chauffeurs van de vrachtwagens hebben dat
niet betaald of ze hebben niet genoeg betaald. En
nu ligt er een *vordering* van de Belastingdienst. Dat
vertelde Elly van de administratie. Ik weet niet om
hoeveel geld het gaat, maar het is in elk geval meer
dan we hebben.'
'Jee.' Iets anders weet Chantal niet te zeggen.
Wel denkt ze: wat aardig van mijn baas dat hij dan
toch met Klaas wil praten.
'We moeten het geld deze maand nog *storten* bij de
Belastingdienst', gaat Romy verder. 'Anders ... ja dat
weet ik eigenlijk ook niet. Dan gaan we failliet of zo.'

Contract

Bert Buitenspel schudt zijn hoofd, terwijl hij het contract van Klaas doorleest.
'Ik had beter voetbalmakelaar kunnen worden dan voetbalschoenenfabrikant', zegt hij met een zucht.
'Ongelooflijk wat die Snellen verdienen aan de verkoop van een speler.
Dat lijkt meer op zwendel dan op handel. Klopt dit contract wel, Klaas?
Heb je dit besproken met die Roelof Snel?'
'Roelof Snel heeft me een modelcontract laten zien', herinnert Klaas zich. 'Dat hebben we besproken.'
'Was dat hetzelfde contract als dit?'
Bert Buitenspel wijst op het contract van Klaas.
'Ik weet het niet', zegt Klaas zachtjes. 'Ik heb het niet goed bekeken.'

'Mmm.' De baas van Chantal staart even uit het raam.
Het is toch erg, denkt hij. Dat een jongen die van niks weet, zo uitgeknepen wordt door een paar snelle zakenjongens. Ik moet hem helpen.
'Ik kan PSV wel voor je bellen', zegt hij dan.
'Ik heb vroeger bij die club gespeeld en ken nog wel een paar mensen daar. Wil je dat?'
'Mag dat wel?' Klaas kijkt een beetje angstig.
'Ik kan toch een oude vriend opbellen en vragen of ze al een nieuwe spits gevonden hebben?'
'Als u denkt dat het geen kwaad kan', aarzelt Klaas.

Een kwartier later is het duidelijk dat GloBall Invest
de zaken voor Klaas niet goed heeft geregeld.
PSV weet helemaal niet dat Klaas 'op de markt' is en
heeft ook nooit een bod op hem gedaan.
'We onderhandelen wel met GloBall Invest', zei de
PSV-vriend van Bert Buitenspel. 'Maar niet over
Klaas Kop. Het gaat om een veel duurdere spits.'

'Het spijt me dat te moeten zeggen, maar je wordt
van alle kanten bedonderd, Klaas.'
Bert Buitenspel geeft Klaas zijn contract terug.
'Dit contract deugt niet en de mannen Snel doen
niet hun best voor jou.
Ze denken vooral aan hun eigen belangen, niet aan
die van jou.'
Klaas kijkt sip, terwijl hij het contract aanpakt.
'Wat moet ik nou doen?', vraagt hij.
'Zo snel mogelijk weg bij GloBall Invest', vindt Bert.
Klaas kijkt somber voor zich uit.
'Ik ga het nooit winnen van die lui', zegt hij.
'Ze zijn veel slimmer dan ik. En ik heb dat contract
getekend, dus ik zit eraan vast.'

'Ik kan morgen wel naar GloBall Invest gaan', biedt
Chantal aan.
'Ik zal doen alsof ik kom voor mijn broer, die
voetbalt bij Achilles.
Ik kan misschien wel aan zo'n modelcontract
komen.'

Zwaaien met bankbiljetten

De volgende dag zit Chantal bij GloBall Invest,
te wachten op Roelof Snel.
'Ik heb geen afspraak met hem', heeft ze tegen het
meisje achter de balie gezegd.
'Maar misschien kan hij mij toch even te woord
staan?'
Het meisje was weggegaan om een kop koffie voor
Chantal te halen en aan Roelof te vragen of hij
bezoek kon hebben.
'Een mooi meisje, hoor', zei ze tegen Roelof, en die
had toen ja geknikt.

Het wachten duurt lang; Roelof is kennelijk druk
bezig.
'Kan ik even naar het toilet?', vraagt Chantal aan
het baliemeisje.
'Ja hoor', antwoordt zij vriendelijk. 'Hier de gang in
en dan de tweede deur rechts.'
Chantal kijkt om zich heen; er zijn drie gangen.
Maar hier de gang, dat zal wel de gang naast de
balie zijn.
Het meisje achter de balie is zo druk bezig met haar
computer, dat ze niet ziet dat Chantal de verkeerde
gang inloopt.
Tweede deur rechts, Chantal aarzelt even.
Die deur staat op een kier en ziet er niet uit als een
wc-deur.
Er komen ook stemmen vanachter die deur
vandaan. Boze stemmen.

Ze wil net weglopen, als ze de naam van Klaas hoort.

'Die Klaas Kop wordt vervelend', zegt de stem van een oudere man.
'Ik kreeg net een telefoontje van de directeur spelerszaken van PSV.
Waarom wij geen contact met hem hebben gezocht over die Kop.
Ze willen hem graag kopen, zei hij.'
'Hoe weet PSV nou dat Kop daarheen wil? Wij hebben hem toch nooit genoemd?
We hebben toch alleen Koos Kluivert aangeboden?'
Deze stem is van een jongere man.
'Iemand heeft gebeld, een oude vriend of zo, ik weet niet precies wie.'
'Dus die Kop heeft zijn kop niet gehouden! Heeft PSV een bod gedaan?'
'Ja, en een goed bod ook.
Natuurlijk heb ik gezegd dat ze beter Koos Kluivert kunnen nemen.
Maar ja, daar moet PSV natuurlijk veel meer voor dokken.
Ze hebben Klaas Kop liever, voor minder geld.'
'Dat heb je nou als er te veel spitsen op de markt zijn; daar gaat onze vette winst.
Het lijkt erop dat we geen keus hebben, pa.'
'Natuurlijk hebben we wel een keus!' De oudere stem is boos.
'We hebben de deal met Koos Kluivert bijna rond.
Die Kop moet gewoon even uit de markt gehaald worden, Roelof.

Dan nemen ze Kluivert heus wel en dan hebben wij geen kopzorgen meer, hahaha, Kopzorgen!'
'Wat bedoel je, pa?'
'Zwaaien met *bankbiljetten*, zoon. Dat heeft in het verleden ook gewerkt.
De volgende zondag moet Hercules tegen ...'
Het is even stil.
'Tegen Jupiter', klinkt het dan. 'Kijk even of daar een omkoopbare verdediger bij zit. En *handel* snel, Snel, hahaha.'

Als Roelof Snel bij de balie komt om zijn bezoek op te halen, is het mooie meisje nergens meer te zien. Er staat alleen nog een half kopje koffie van haar.

Sliding

Het is zondag, de dag van de wedstrijd tegen
Jupiter.
Het is een onbelangrijke wedstrijd in de competitie;
Jupiter vormt geen bedreiging voor Hercules. Er zit
dan ook weinig publiek op de tribune.
Klaas is toch erg nerveus.
Hij heeft zich al zes keer warm gelopen en nu zit hij
onrustig in de kleedkamer.
'Waarom ben je zo zenuwachtig, Klaas?', vraagt
Rachid.
'Het is helemaal geen belangrijke wedstrijd
vandaag.
We kunnen heel relaxed spelen en de combinaties
uitproberen die we in de training geoefend hebben.
En als die niet lukken, maakt het ook niet uit.
Er zitten vandaag vast geen scouts op de tribune,
dus eeuwige roem zullen we toch niet *verwerven*.'
Klaas schiet in de lach, ondanks zijn zenuwen.
Rachid moest eens weten, denkt hij. Hij denkt aan
eeuwige roem, maar ik denk aan een gebroken
been.
Toch zegt hij niets.

Klaas heeft het nog wel overwogen om zijn team en
de trainer in te lichten.
Om te vertellen wat Chantal gehoord heeft bij
GloBall Invest.
Maar uiteindelijk heeft hij besloten om zijn mond
maar te houden.

'Omkoping is lastig te bewijzen', heeft Bert
Buitenspel gezegd.
'En voetballers, die beweren dat anderen zijn
omgekocht, die hebben vaak moeite met een
transfer. Clubs kopen niet graag onrustzaaiers.
Je kunt beter niks zeggen, Klaas.'
Klaas is erg blij met de adviezen van Bert
Buitenspel. Bert is een man van de *praktijk*.
Hij kent de voetbalwereld goed, van binnenuit.

Tegen zijn ouders heeft Klaas ook maar niets
gezegd. Ze hebben al genoeg aan hun hoofd.
De arm van Klaas' vader gaat wel weer wat beter,
maar hij kan er nog niet mee werken.

De enige mensen die weten dat Klaas vandaag
gevaar loopt zijn dus Chantal en haar baas.
Ze zijn vlak achter het doel van Jupiter gaan zitten,
om alles goed in de gaten te houden.
Chantal heeft een filmcamera bij zich en elke keer
als Klaas in de buurt van het doel is, laat ze de
camera lopen.
Als er iets gebeurt, dan heb ik daar beelden van,
denkt ze.

En er gebeurt inderdaad iets.
Niet meteen, maar pas in de tweede helft, bij een
vrije schop.
Klaas staat klaar om de bal aan te nemen en dan zet
een verdediger van Jupiter een moordende sliding
in. Klaas kan het niet zien, maar Chantal en haar
camera zien het wel.

En Bert Buitenspel ziet het ook.
'Klaas, achter je', schreeuwt hij.
Klaas staat meteen stokstijf stil.

De verdediger raakt Klaas daarom niet en glijdt
door, tegen een van de doelpalen aan.
Er klinkt gekraak.
Chantal filmt het allemaal, inclusief de vloek
die de speler slaakt en zijn woorden van woede:
'Verdomme, GloBall met je rotcenten, nu ben ík
uitgeschakeld in plaats van Kop.'

Eind goed al goed?

Bijna heel Nederland ziet het filmpje van Chantal 's avonds op tv: hoe de verdediger van Achilles met twee benen uitgestrekt aan komt glijden, om Klaas Kop te raken. En iedereen hoort zijn reactie als hij zelf zijn been breekt. De meeste mensen horen en zien het zelfs twee keer: in het journaal en in het sportprogramma van die avond.

Klaas en Chantal zijn te gast in het sportprogramma, om geïnterviewd te worden. De presentator is duidelijk verontwaardigd. 'Omkoperij en iemand zo gemeen willen uitschakelen, dat heeft niets meer met sport te maken', zegt hij tegen Chantal, die naast hem zit. 'Of toch wel, Chantal?' Over zijn bril heen kijkt hij naar de vriendin van Klaas.

'Oneerlijke mensen zijn overal', antwoordt Chantal. 'Wat belangrijk is, is dat die mensen gepakt worden en niet door kunnen gaan met hun foute praktijken. Gelukkig is dat nu gebeurd. GloBall Invest raakt z'n vergunning kwijt en Klaas zit niet meer vast aan dat wurgcontract.'
'En welke problemen *resteren* er nu nog voor je, Klaas?', vraagt de presentator. Klaas lacht. 'Geen één. Bert Buitenspel, de oud-profvoetballer, gaat nu onderhandelingen voor mij voeren.'
'Dus eind goed al goed?', wil de presentator weten. Klaas pakt de hand van Chantal. 'Dat kun je wel zeggen', zegt hij.

Woordenlijst

In deze woordenlijst vind je alleen de betekenis die hoort bij dit verhaal.
De cijfers verwijzen naar de bladzijde waar het woord voor het eerst voorkomt.